Diese Geschichte spielt in Brasilien, einem weit entfernten Land. Um genau zu sein, in einer Gegend namens Pantanal.

Pantanal ist Portugiesisch und bedeutet „Sumpf". Das Pantanal im brasilianischen Bundesstaat Mato Grosso ist das größte Feuchtgebiet der Erde. Hier sind zahlreiche Tier- und Pflanzenarten heimisch, doch leider ist ihr Lebensraum bedroht. Von einigen dieser Tiere und einer ganz besonderen Pflanze handelt die Geschichte in diesem Buch.

Deutsch	Portugiesisch
Amazonische Riesenseerose	*vitória régia*
Rotbarsch	*peixe vermelho*
Krokodil	*jacaré*
Jaguar	*onça pintada*
Tapir	*anta*

Lateinischer Name der
Weißen Seerose in Europa: *Nymphaea alba*

Die Seerose Alba

Eine Geschichte von Fatima Nascimento

An einem hellen schönen Tag reckte sich in einem Teich im Pantanal eine Knospe aus dem Wasser.

Zuerst hob sie nur ihren kleinen Kopf aus dem Wasser empor.

Als sie die ersten Sonnenstrahlen spürte, reckte und streckte sie sich und sie wurde größer und größer.

So kam die wunderschöne Seerose Alba auf die Welt.

Sie schaute sich um, ob sie nicht ein paar Freunde finden könnte, doch es war niemand zu sehen.

Oder doch?

Da glitzerte etwas im Wasser!
Sogleich rief Alba:

„Hallo, wer bist du denn?"

„Ich bin Julius, der Fisch."

„Willst du mit mir spielen und mein Freund sein, Julius?"

„Es tut mir leid, ich muss schnell fort von hier! Ich höre schon das Krokodil kommen!"

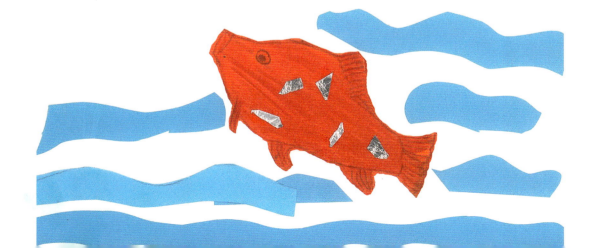

Bevor Alba weitersprechen konnte, war er
mit ein paar Luftblasen – „blubb, blubb" – verschwunden.
„Schade", dachte sie. „Der hätte mir gefallen, dieser
Glitzer-Julius!" Sie blickte sich um und entdeckte ein
großes Tier, das am Ufer lauerte. „Hallo, wer bist du?"
Es war das Krokodil:

„Pssst, sei still, du vertreibst meinen Fisch!"

„Wenn du Julius meinst – der ist schon lange weg!"

Verärgert klappte das Krokodil das Maul zu und ohne ein weiteres Wort tauchte es unter.

„Jetzt weiß ich noch nicht einmal, wie es heißt und ob es mein Freund sein wollte."

Dabei wünschte Alba sich nichts sehnlicher, als einen Freund zu finden.
Sie sah sich weiter um und entdeckte etwas im Ufergebüsch.

Als sie ein Leuchten sah, erschrak sie. Was mochte das sein?

Ein Augenpaar näherte sich mit leisem Rascheln, fast lautlos. Es gehörte einem Jaguar, der ans Ufer kam, um zu trinken.

Als sie sich von ihrem ersten Schreck erholt hatte, dachte Alba:
„Er schaut eigentlich nett aus." Laut fragte sie:

"Hallo, ich bin Alba, die Seerose, und wer bist du? Willst du mein Freund sein und mit mir spielen?"
"Gestatten, Onça Pintada mein Name. Das bedeutet Jaguar. Für dich habe ich leider keine Zeit." "Schade", sagte Alba.
"Ich habe Hunger und suche Lotte, den Tapir. Hast du ihn gesehen?"
Doch Alba antwortete: "Nein."
Da schlüpfte der Jaguar, leise wie er gekommen war, zurück in den Urwald.

Kaum war der Jaguar verschwunden, hörte sie eine ängstliche Stimme aus dem Wasser: „Ist er weg?"

„Ja", sagte Alba. „Wer bist du denn? Und wo bist du überhaupt?"

„Ich bin Lotte, der Tapir. Bist du ganz sicher, dass Onça Pintada, der Jaguar, weg ist?"

„Du kannst ganz beruhigt sein. Komm doch heraus und zeige dich!"

Da kam der Tapir aus seinem Versteck.

„Spielt ihr Verstecken, du und der Jaguar? Kann ich mitspielen?", fragte Alba.

„Verstecken?! Du machst wohl Witze, der will mich fressen! Ich muss schnell fort von hier, bevor er zurückkommt!"

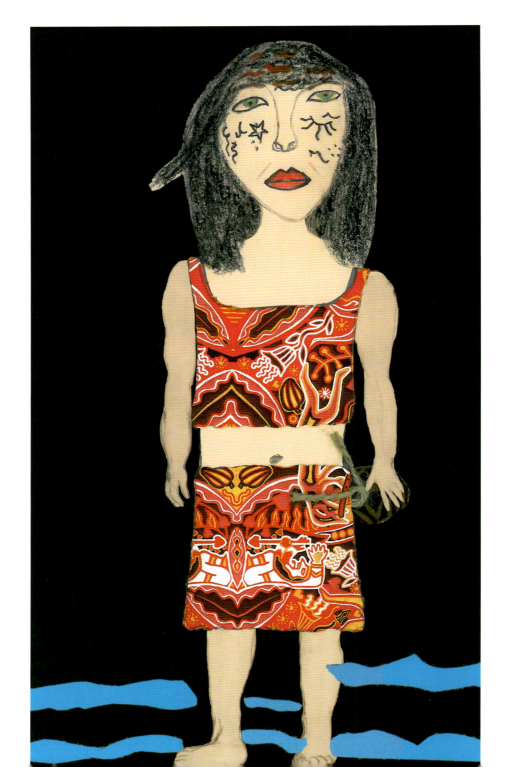

Und so blieb Alba alleine zurück.
Der Tapir war weg; der Jaguar, das Krokodil, der Fisch –
alle waren fortgegangen.
„Ach!", dachte Alba. „Niemand hat Zeit für mich. Niemand will mit mir spielen und mein Freund sein!"

Sie wurde so traurig, dass sie anfing, laut zu weinen.
Vor lauter Kummer bemerkte sie gar nicht,
dass es bereits dunkel geworden war.
Plötzlich hörte sie eine weiche Stimme:
„Warum bist du so traurig?"

Alba blickte auf und sah eine
Ureinwohnerin vor sich.

Sie berichtete ihr von ihrem
Wunsch, Freunde zu finden und
erzählte alles, was sie an diesem
Tag erlebt hatte.
Da sie schrecklich müde war,
fiel sie in einen tiefen Schlaf.

Die Ureinwohnerin aber holte
ein paar Kräuter aus ihrem
Ledersäckchen und streute sie
in den Teich der kleinen Seerose.

Als sie das Wasser berührten,

verwandelten sich die Kräuter
in herrliche Seerosen.

Alba erwachte am nächsten Morgen,
als die Sonne aufging.

Es war ein wunderschöner Tag und als sie sich umblickte, sah sie, dass sie nicht länger alleine war.

Um sie herum waren viele andere Seerosen und jede war auf ihre eigene Art wunderschön! Sie fragte eine von ihnen, ob sie ihre Freundin sein mochte. Da riefen alle laut: „Jaaaa!!"

Auch die anderen Tiere, deren Bekanntschaft die einsame Alba am Tag zuvor gemacht hatte, kamen herbei. Da war sie überglücklich.

Und auch heute noch ist dieser Teich voller wunderschöner Seerosen.

Fatima Nascimento ist Deutsch-Brasilianerin und lebt mit ihrem Mann und ihren beiden Töchtern in München. Sie ist staatlich anerkannte Erzieherin und freie Kinderbuchautorin.

© Fatima Nascimento 2018
Alle Rechte vorbehalten

Illustrationen: Charlotte Lieckfeld, Fatima Nascimento
Satz und Layout: www.schuler-gaetjens.de
Lektorat: Andrea Schick
Druck und Bindung: Print Consult, München

ISBN 978-3-9819876-0-7
3. Auflage 2018

FAFALAG©
Verlag | Editora

www.fatimanascimento.de